U0639272

DOWEL东幻创作中心 编著

华东师范大学出版社
上海

图书在版编目(CIP)数据
古诗带你去探秘：美绘版. 第六册 / DOWEL东幻创作中心编著. -- 上海：华东师范大学出版社, 2022
ISBN 978-7-5760-2607-8
Ⅰ. ①古… Ⅱ. ①D… Ⅲ. ①古典诗歌－诗集－中国－儿童读物 Ⅳ. ①I222.72
中国版本图书馆CIP数据核字(2022)第029365号

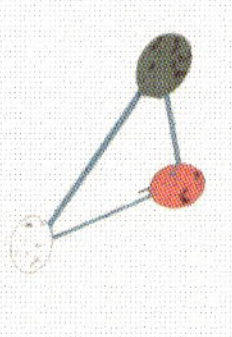

古诗带你去探秘(美绘版·第六册)

编　著	DOWEL东幻创作中心
插　图	DOWEL东幻创作中心
策　划	DOWEL东幻教育科技有限公司
责任编辑	宣晓凤
责任校对	时东明
装帧设计	DOWEL东幻创作中心
出版发行	华东师范大学出版社
社　址	上海市中山北路3663号　邮编 200062
网　址	www.ecnupress.com.cn
电　话	021-60821666　行政传真 021-62572105
客服电话	021-62865537　门市(邮购)电话 021-62869887
地　址	上海市中山北路3663号华东师范大学校内先锋路口
网　店	http://hdsdcbs.tmall.com
印 刷 者	上海普顺印刷包装有限公司
开　本	889 毫米×1194 毫米 1/16
印　张	6
版　次	2022年8月第1版
印　次	2025年4月第7次
书　号	ISBN 978-7-5760-2607-8
定　价	40.00元
出 版 人	王　焰

(如发现本版图书有印订质量问题，请寄回本社客服中心调换或电话021-62865537联系)

前言

提起中国传统文化，古诗词大概是绕不开的，它是古人对当时生活以及自身情感表达的重要载体之一，也极有可能是孩子们最早接触到的传统文学形式。但是，要让学龄前的孩子去理解古诗的意境，很难；而如何记住这些古诗，也很难；于是，“DOWEL东幻创作中心”应运而生！

所以这套书给小朋友提供的是：传统诗词 + 创意美学 + STEAM理念

这套书跳脱传统思路，将古代诗词和现代STEAM理念相结合，用简单的语言、符合现代审美的画面，让孩子们直观生动地感受古代和现代生活的不同，同时还将两者合理融合在一起，让孩子们在了解科学发展过程的同时，也鼓励他们像历代诗人那样，对未知领域充满好奇和想象。

亲爱的小朋友

你们是刚刚了解古诗还是已经在被要求背诵古诗？
有没有觉得背得小脑袋都疼了，还记不住呢？

别着急，这可不是因为你们不够努力、不够聪明。古诗里说的可都是很久很久以前的事，用的词语也是我们平时听不到也不常见的“古文”，很多别的小朋友也和你们有一样的困扰，比如啵妞和洱洱。

爸爸妈妈们看到你们皱着小眉头，苦着脸的样子，也在犯愁：怎么样才能帮助你们呢？看到你们捧着美美的绘本不肯放下，我们有了主意：
把古诗画给你们看，用你们喜欢的方式去探索一下难懂的古诗到底在说什么，再加上有趣的STEAM小知识和游戏，这下背诵古诗就变得简单了！
还在等什么，和啵妞、洱洱一起来看古诗吧！

注：STEAM是结合科学（Science）、科技（Technology）、工程（Engineering）、艺术（Art）、数学（Mathematics）知识和技能的学习模式。

目录

jiǔ yuè jiǔ rì yì shān dōng xiōng dì

九月九日忆山东兄弟

táng wáng wéi

唐·王维

dú zài yì xiāng wéi yì kè

独在异乡为异客，

měi féng jiā jié bèi sī qīn

每逢佳节倍思亲。

yáo zhī xiōng dì dēng gāo chù

遥知兄弟登高处，

biàn chā zhū yú shǎo yì rén

遍插茱萸少一人。

译文:独自一人在他乡客居，每到（重阳）佳节的时候就更加思念故乡的亲人。遥想今天兄弟们在登高望远，插戴茱萸的人群中只少了我一个。

dú
独 独 独 独

dú zài yì xiāng wéi yì kè
独在异乡为异客

我一个人在这陌生的地方，是一个外来的客人。

小鸟，小鸟，
再陪我一会儿好不好？

呀，来不及了，
我要回南方的家咯！

祭祖

在古代，民间有重阳节祭祖祈福的习俗。迄今为止仍保持着这样的传统。

登高

重阳节，又叫“登高节”，农历九月初九日，正值仲秋时节，秋高气爽，非常适合登高望远。

赏菊，饮菊花酒

重阳节正值观赏秋菊的最佳季节，菊花酒是节日里的时令饮品。其味清凉甜美，有健脑、明目、延缓衰老等功效。

佩茱萸

古人认为在重阳节这一天佩插茱萸，可以驱虫，还可以预防疾病。

每(měi)逢(féng)佳(jiā)节(jié)倍(bèi)思(sī)亲(qīn)

每到重阳佳节倍加思念远方的亲人。

重阳佳节是什么?

重阳节是中国传统节日之一，定在每年农历的九月初九。古代以“九”为阳数，“九九”则是两个阳数相重，即为“重阳”。另外，古人认为重阳是万象更新的季节，所以九九重阳节被看作是个吉祥的日子。美好的节日，怎能少了各种活动呢？重阳节的主要活动有：登高望远、秋游赏菊、佩插茱萸、祭祖等习俗。

自2012年起，重阳节也以法律的形式被定为“老年节”，这一做法最重要的就是希望大家多多关心老人、尊敬老人、爱戴老人。

快去给外公、外婆、爷爷、奶奶等家里的老人们泡杯茶，按摩按摩，或者带他们出去玩吧！

你知道你的爷爷、奶奶、外公、外婆几岁了吗？（＿＿＿＿＿）

山东边的兄弟们，
你们还好吗？
yáo zhī xiōng dì dēng gāo chù
遥知兄弟登高处
每到重阳节，兄弟们都会登高望远，今年也应该如此吧！

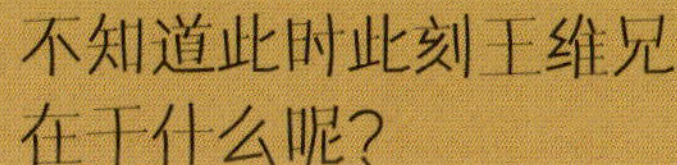

茱萸是一种落叶小乔木，开小黄花，果实为红色的椭圆形小果，味酸，可入药。茱萸具有杀虫消毒的作用，所以古时人们认为佩插茱萸可以预防疾病。

biàn chā zhū yú shǎo yì rén
遍插茱萸少一人

每年大伙都会一起佩插茱萸，可是今年却少了一个我。

做一块重阳糕吧！

材料：红豆150g　糯米粉150g　粘米粉30g　植物油　白砂糖

1. 将 150g 红豆浸泡在水中 5 至 6 小时，这样红豆在蒸煮时，更容易软糯。

2. 将 150g 红豆倒入容器中，加入 300g 水，用大火煮至红豆变得非常酥软。

3. 把水沥干后，将软糯状的红豆倒入平底锅，加入 100g 白砂糖和少量植物油进行不断翻炒，直到变成细颗粒状的红豆沙！

4. 把 150g 糯米粉和 30g 粘米粉混合，加上 90g 清水，搅拌变成雪花状！

5. 将混合后的两种米粉倒入筛网里，把大颗粒的米粉混合物筛成细小的颗粒后，放在容器里备用。

6. 在碗里铺上一层筛好的米粉，大火蒸 5 分钟。

7. 在蒸好的米粉上均匀地铺一层红豆沙，厚度与底层的米粉保持一致，用大火隔水再蒸 5 分钟。

重复第6、7两个步骤，次数越多，重阳糕层数就越多。

取出蒸好的重阳糕，撒上你喜欢的干果，蔓越莓干、葡萄干都可以哟！

完成啦！

在重阳节，做一块重阳糕给家里的老人尝尝吧！

jué　jù

绝句

táng　dù　fǔ

唐·杜甫

chí rì jiāng shān lì

迟日江山丽，

chūn fēng huā cǎo xiāng

春风花草香。

ní róng fēi yàn zi

泥融飞燕子，

shā nuǎn shuì yuān yāng

沙暖睡鸳鸯。

译文：春日里的江河山川多么秀丽，春风中有花草的芳香。冰雪融化后湿润的泥土引来燕子（衔泥筑巢），鸳鸯睡在江边温暖的沙子上。

xiāng

香

香，指气味芳香。在本诗中，“香”的意思是“好闻的气味”。

春风吹在身上
真舒服啊！
你快闻闻，小花
和小草都是香香的！
chí rì jiāng shān lì
迟日江山丽
chūn fēng huā cǎo xiāng
春风花草香
春日里的江河山川多么秀丽，春风中有花草的芳香。

燕子是如何筑巢的？

燕子会在民宅屋檐下筑巢。它们飞至河边、水潭，啄取湿泥，集成小泥丸，衔回筑巢点。然后将泥丸和草根、唾液、残羽等混合，搭出碗状的小窝。最后在里面铺上它们收集来的细软杂草、羽毛、破布等，打造出一个舒适的“家”。

雌燕、雄燕通力合作筑巢，大约需要花十几天的工夫，每日往返数次，才能垒起 3 至 4 厘米的泥墙。

冰雪融化后湿润的泥土引来燕子(衔泥筑巢)。

宝贝们，开饭啦!

胖虫子看起来好好吃!

筑完巢后，雌燕每年产卵2次。雌燕和雄燕轮流孵卵14~15天幼鸟才出壳。

你看，燕子妈妈捉了虫子回来，巢里的幼鸟早就等不及了，一个个张大嘴巴，等妈妈将美餐喂到嘴里。

看到了，看到了，小燕子在吃虫子!

燕子吃什么呢?

燕子每天花费大量时间在空中捕虫，其食物以蚊、蝇等昆虫为主，从下面的选项中圈出燕子不吃的食物吧!

换我，换我，我也要看!

鸳鸯怎么分辨雌雄呢?

鸳鸯是一种水鸟,体形比鸭子小些。鸳指雄鸟,鸯指雌鸟,它们常相伴栖息于池塘和沼泽中。

我是男生!

我是女生!

雄鸳鸯

雄鸟的嘴是红色的,头部长着艳丽的羽毛,眼部有宽阔的白色眉纹。翅膀上还有栗黄的扇状羽毛,立于后背,非常醒目,容易辨认。

雌鸳鸯

雌鸟的嘴是黑色的,羽毛是灰褐色的,只有眼周是白色的,连着细细的白色眉纹。

通常在人们的印象中,鸳鸯是爱情的象征,多用于形容夫妻之间的恩爱感情,有美满的寓意。在人们新婚之初,家中会使用一些装饰有鸳鸯图案的生活用品,如:鸳鸯被、鸳鸯枕、鸳鸯盆。

鸳鸯被

鸳鸯盆

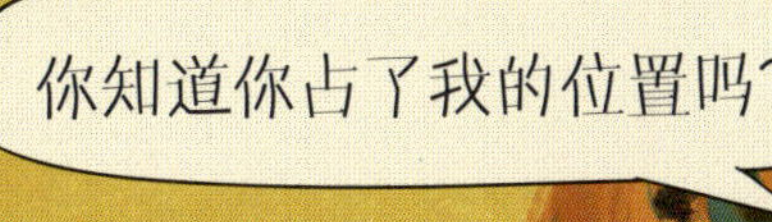

洱洱，快来一起堆沙堡吧!

这沙子暖暖的，好舒服呀，我都要睡着啦!

好多小鱼小虾，看来今天可以饱餐一顿了!

鸳鸯吃什么呢?

鸳鸯是杂食性动物，它们的食物种类常随季节和栖息地的不同而变化，繁殖季节以鱼虾等小动物为主，冬季的食物主要是栎树等植物的坚果。

shā 沙 nuǎn 暖 shuì 睡 yuān 鸳 yāng 鸯

鸳鸯睡在江边温暖的沙子上。

燕尾服

西装领造型。

色彩多以黑色为正色，表示严肃、认真、神圣之意。

燕尾服的前部与腰基本平齐。

后衣片呈燕尾形，两片开衩。

燕尾服名字的由来

这种衣服最早是为了让欧洲骑马者穿长衣也便于骑马而设计的，因为后摆开衩部分像燕尾一样而得名燕尾服。

迅速画一只小燕子吧!

1

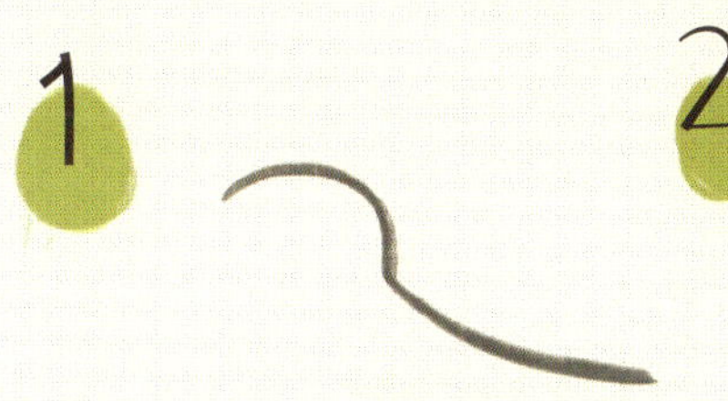

先画出头部
和身体的轮廓。

2

完善小燕子的身体。

3

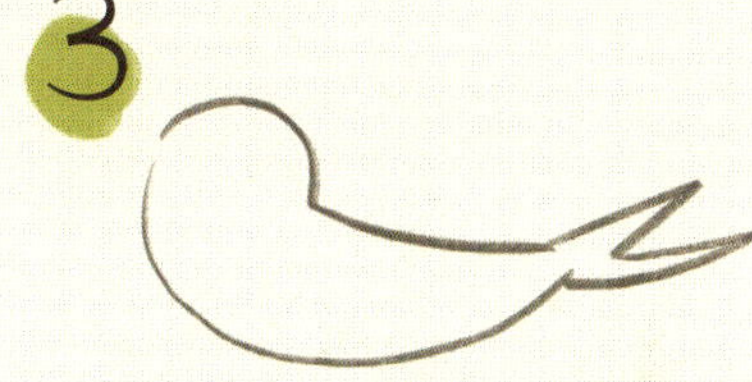

画出小燕子像
剪刀一样的尾巴。

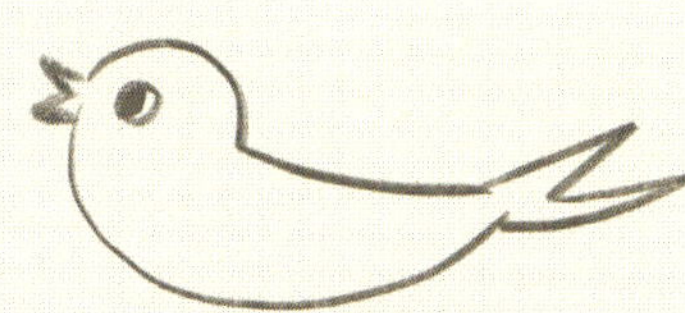

画出小燕子的
嘴巴和眼睛。

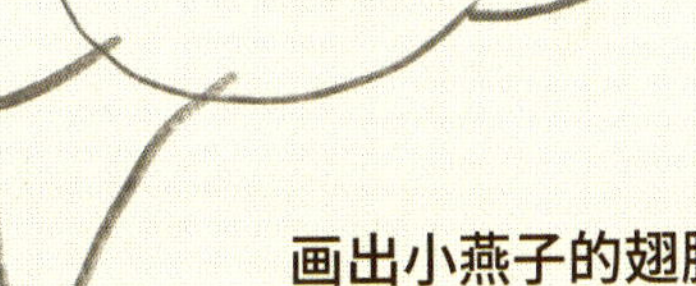

画出小燕子的翅膀。

画出小燕子
肚子部分。

完成啦!

画完后给小燕子涂上颜色吧!

yǐn hú shàng chū qíng hòu yǔ
饮湖上初晴后雨

sòng sū shì
宋·苏轼

shuǐ guāng liàn yàn qíng fāng hǎo
水光潋滟晴方好，
shān sè kōng méng yǔ yì qí
山色空蒙雨亦奇。
yù bǎ xī hú bǐ xī zǐ
欲把西湖比西子，
dàn zhuāng nóng mǒ zǒng xiāng yí
淡妆浓抹总相宜。

译文：晴天，阳光下的西湖水面波光闪动，景色正好；雨天，西湖和群山在雨幕里一片朦胧，也很奇丽。如果把西湖比作美人西施，无论她化淡妆或抹浓妆，都十分适宜。

guāng

光

有光的反射，
水面才变得亮晶晶的。

shuǐ guāng liàn yàn qíng fāng hǎo

水光潋滟晴方好

大晴天里，阳光照在西湖的湖面上，波光闪动，看上去美极了。

下雨天的西湖好美呀!
鸳鸯
玩水去!

细雨濛濛的西湖，山色若隐若现，周围的景色变得更加奇丽了。

鸬鹚

远处到底有没有山，飞到这儿终于看清了！

大山呀大山，你是不是在和我躲猫猫呀？

秋沙鸭

曲院风荷
双峰插云
苏堤春晓
终于走到第十个景点了！
花港观鱼

断桥残雪
平湖秋月
哇，原来西湖那么大呀！这些景点
我要一个一个去走一走、看一看！
三潭印月
柳浪闻莺
雷峰夕照
南屏晚钟

yù bǎ xī hú bǐ xī zǐ
欲把西湖比西子
dàn zhuāng nóng mǒ zǒng xiāng yí
淡妆浓抹总相宜

如果把西湖比作美人西施，无论她化淡妆或抹浓妆，都十分适宜。

以前我们是这样化妆的：

1 为了让我的皮肤看上去更白，我会先在脸上扑上白白的粉。

2 为了让我看起来气色好，我会在脸上涂上胭脂。

3 描一下眉毛，使其形状像桂叶或蛾翅，可以让我看上去更精神。

眉毛是用烧焦后的柳条枝画的。

口红可以是用花瓣做的，也可以是用一种叫作朱砂的红色矿石做的。

和我一起做胭脂吧！

怎么做胭脂?

古法胭脂,其取材于玫瑰花、蜀葵花、重绛、黑豆皮、石榴、山花、苏方木等植物,不仅色泽鲜艳,而且绝对纯天然!

准备玫瑰花几朵

研钵

1 将玫瑰花瓣撕下,放到研钵之中。加入少许清水,将玫瑰花瓣捣碎。

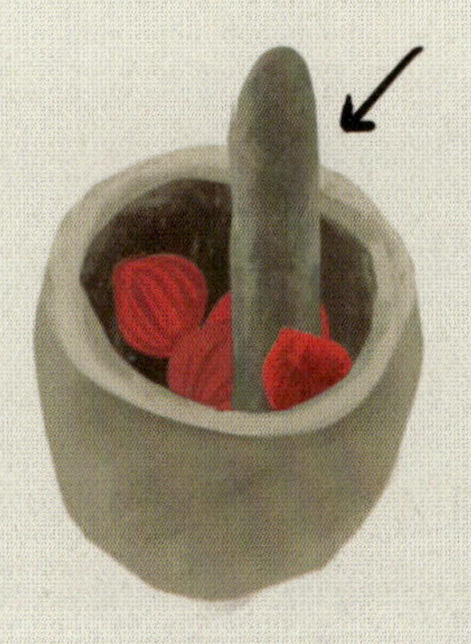

2 将捣碎的玫瑰花瓣放在纱布上,用力挤出汁液。

用刷子蘸取适量的玫瑰花汁液，均匀地涂抹在化妆纸上，涂满后进行晾干。

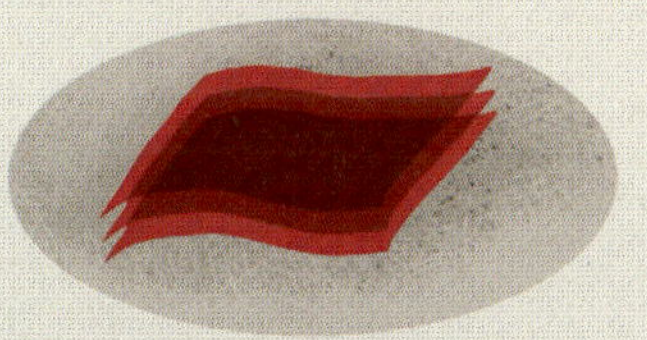

4

可以将晾干后的化妆纸放在容器里面，在需要的时候取出使用即可。

qīng píng yuè · cūn jū
清平乐·村居

sòng · xīn qì jí
宋·辛弃疾

máo yán dī xiǎo
茅檐低小，

xī shàng qīng qīng cǎo
溪上青青草。

zuì lǐ wú yīn xiāng mèi hǎo
醉里吴音相媚好，

bái fà shuí jiā wēng ǎo
白发谁家翁媪？

dà ér chú dòu xī dōng
大儿锄豆溪东，

zhōng ér zhèng zhī jī lóng
中儿正织鸡笼。

zuì xǐ xiǎo ér wú lài
最喜小儿亡赖，

xī tóu wò bō lián péng
溪头卧剥莲蓬。

译文：草屋的茅檐又低又小，溪边长满了翠绿的小草。含有醉意的吴地方言，听起来温柔又美好，那说话的白发老人是谁家的?大儿子在溪东边的豆田锄草，二儿子正忙着编织鸡笼。最令人喜爱的是淘气的小儿子，他正横卧在溪头，剥着刚摘下的莲蓬。

yán 檐 檐 檐 檐

檐，一般指屋顶向旁边伸出的边沿部分。屋檐的主要作用是排水，避免雨雪天的降水流入墙体后而造成屋内潮湿以及墙体受损。诗中提到的“茅檐”是指用茅草搭的屋檐。古时候，搭建屋檐最常使用的材料就是茅草。

máo yán dī xiǎo
茅檐低小

xī shàng qīng qīng cǎo
溪上青青草

草屋的茅檐又低又小，溪边长满了翠绿的小草。

如何搭建茅草屋顶

听说他们在搭建新房子，去看看！

1. 搭建框架。这里以最常见的斜三角形为例，用绳子将三根木头的顶部捆起来，然后撑开。

2. 增加结构。将其中较长一根木头作为横木，在横木的另一端绑上两根木头，保持两端结构对称。接着在框架外添加若干根同等长度的横木，用绳子将横木两端与主框架捆绑结实。

需要家具吗？
3. 割茅草。将茅草分成若干等份，绑好。
4. 用绳子将绑好的草捆扎在横木上。绑草的时候尽量密集一点，以防止渗水。
屋顶搭建好啦！
真像一顶帐篷！

zuì lǐ wú yīn xiāng mèi hǎo
醉里吴音相媚好
bái fà shuí jiā wēng ǎo
白发谁家翁媪

含有醉意的吴地方言，听起来温柔又美好，那说话的白发老人是谁家的？

吴音

诗中的“吴音”指吴地的方言，是吴语的古称之一。通行于今江苏南部、上海、浙江、江西东北部、福建西北部和安徽南部的一些地区，也称江南话、江东话、吴越语，至今已有三千多年悠久历史。其代表为苏州话和上海话，使用人口近一亿，与吴越文化血脉相连，底蕴深厚。人们一听到自己家乡的方言，就会有一种非常亲切又美好的感觉。

你好！

谢谢你！

再见！

你在干什么？

这些话用你家乡的方言怎么说？

爷爷奶奶，你们说的话我怎么听不懂呀？
明朝额事体，吾来搞定！
老豆子，侬最结棍了！
让我来仔细听听看！

dà ér chú dòu xī dōng
大儿锄豆溪东
zhōng ér zhèng zhī jī lóng
中儿正织鸡笼
大儿子在溪东边的豆田锄草，二儿子正忙着编织鸡笼。

xī tóu wò bō lián péng
溪头卧剥莲蓬

最令人喜爱的是淘气的小儿子，他正横卧在溪头，剥着刚摘下的莲蓬。

找找他们在哪里吧！

大儿：我正在豆田里锄草，你看到我了吗？

二儿：我在编鸡笼，你找得到我吗？

小儿：我还有好多莲蓬没剥呢，来帮帮我吧！

yú gē zǐ
渔歌子

táng zhāng zhì hé
唐·张志和

xī sài shān qián bái lù fēi
西塞山前白鹭飞，
táo huā liú shuǐ guì yú féi
桃花流水鳜鱼肥。
qīng ruò lì lǜ suō yī
青箬笠，绿蓑衣，
xié fēng xì yǔ bù xū guī
斜风细雨不须归。

译文：西塞山前有白鹭在飞翔，桃花飘落到江水中，水里的鳜鱼很是肥美。戴着青箬叶斗笠，披着绿色的蓑衣，渔翁在斜风细雨中垂钓，久久不愿回家。

xī sài shān qián bái lù fēi
西塞山前白鹭飞
西塞山前有白鹭在飞翔。
我看见远处有一个
老爷爷在钓鱼！
那我们一起过去找他吧！

liú

流 流 流 流

流，通常含义是指液体移动。“流水”在这首诗中特指在桃花盛开的时候江河里春水涨潮。

táo huā liú shuǐ guì yú féi
桃花流水鳜鱼肥

桃花飘落到江水中，水里的鳜鱼很是肥美。

鳜鱼

鳜鱼又名桂鱼、季花鱼等，它们的体形高而扁，背部隆起，嘴较大。鳜鱼属于淡水鱼，喜欢栖息于江河、湖泊、水库等水草茂盛、较洁净的水中，白天一般潜伏于水底，夜间四处活动觅食。鳜鱼是肉食性鱼类，性情凶猛，终生以鱼类和其他水生动物为食。鳜鱼在中国分布于除青藏高原外的各水系之中。

qīng ruò lì lǜ suō yī
青箬笠 绿蓑衣
xié fēng xì yǔ bù xū guī
斜风细雨不须归
戴着青箬叶斗笠，披着绿色的蓑衣，
渔翁在斜风细雨中垂钓，久久不愿回家。
这细雨打在脸上好舒服呀！
真的耶，我们再玩一会儿，不急着回家！

快把淡水鱼圈出来吧!

目前在地球上有 2 万多种鱼，这些鱼大致可分为咸水鱼和淡水鱼两类，它们分布在几乎所有尚未受到严重污染的咸水或淡水环境中。生活在海洋、湖泊、江河和溪流中的这些鱼类经历了数亿年的漫长演化，并已习惯了各自不同的生存环境。

鳜鱼

带鱼

鲫鱼

安康鱼

被鱼刺卡住了喉咙怎么办?

美味的鱼儿是我们餐桌上最受欢迎的食物之一，但是鱼儿虽美味，可鱼刺也不少，吃鱼的时候如果不小心被鱼刺卡了，怎么做才是正确的呢?

喝醋 ☐　　吃米饭 ☐　　看医生 ☐

咸水鱼和淡水鱼

咸水鱼一般是指生存于海洋中的鱼类，而能生活在盐度低于千分之三的淡水中的鱼类则被称为淡水鱼。通常咸水鱼身上的色彩丰富、外形特别，很容易辨认。除此之外，咸水鱼的鱼鳞较为细腻，又密又软，而淡水鱼的鱼鳞则恰恰相反；再从气味来分辨，活体淡水鱼会散发出淡淡的泥味，而咸水鱼闻起来则会有明显的腥味。

雨具是如何发展的呢？

远古时期

雨伞的雏形是植物的叶子，其中以荷叶最为接近。

2500年前

古人发明了斗笠和蓑衣。斗笠相比于树叶来说，可以固定在头上，即使遇到大风大雨都不用手扶。而雨伞相传是由鲁班的妻子云氏发明的。

油纸伞

唐宋以后

在纸伞表面涂上一层桐油以增强避水性，这样的伞被称为“油纸伞”。油纸伞盛行于唐朝，还传至日本、朝鲜，到了明朝，开始普及于民间。

现在

在油纸伞出现之后，伞的发展几乎都是小改良，并没有什么突破性的变化。无非是伞面由油纸变为防水布、龙骨由竹条变为金属、伞柄可伸缩、伞面可折叠等设计，让雨伞使用起来更加便捷。

dà lín sì táo huā
大林寺桃花

táng bái jū yì
唐·白居易

rén jiān sì yuè fāng fēi jìn
人间四月芳菲尽，

shān sì táo huā shǐ shèng kāi
山寺桃花始盛开。

cháng hèn chūn guī wú mì chù
长恨春归无觅处，

bù zhī zhuǎn rù cǐ zhōng lái
不知转入此中来。

译文：农历四月，（庐山下）平地村落里的百花已经凋谢了，而高山古寺中的桃花才刚刚盛开。我还在抱怨春光逝去无处寻觅，却不知它已经转到这里（大林寺）来了。

常绿阔叶林

常绿阔叶林终年常绿，一般呈暗绿色，林相整齐，树冠浑圆连成一片，远观呈微波状起伏。常绿阔叶林全年均可生长，夏季生长得更为旺盛。

tán

桃

桃 桃 桃

海拔1500米

桃，是一种果实叫桃子的落叶小乔木，花可以观赏，果实多汁，可以生食或制桃脯、桃罐头等，核仁也可以食用。桃花常常在早春气温回暖的时候开放，到了初夏，天气转热，桃花早就凋谢了。但由于高山上气温比平地要低，所以此时山上的桃花才刚盛开。

山下的桃子应该长出来了吧！

rén	jiān	sì	yuè	fāng	fēi	jìn
人	间	四	月	芳	菲	尽
shān	sì	táo	huā	shǐ	shèng	kāi
山	寺	桃	花	始	盛	开

农历四月，（庐山下）平地村落里的百花已经凋谢了，而高山古寺中的桃花才刚刚盛开。

桃花的生长周期

一月份

桃树在一月左右萌芽，花芽先长出来。花芽生长所需要的温度较低，因此早春的温度已满足了它们的生长需求。

天气没那么冷了呢，大伙醒醒吧！

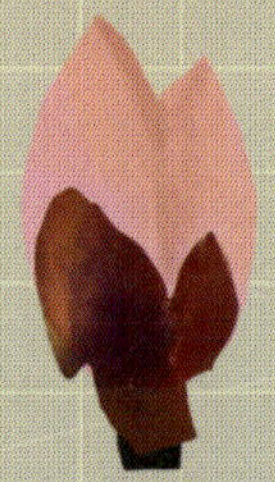

叶子必须得到足够的光照，否则会凋落！

花苞小小的，好可爱，还要多久才开呢？

桃花花苞

早春时节如果连续多天平均温度都保持在10°C以上，桃花花苞就会开始绽放。

二月至三月

叶芽生长所需要的温度比较高，花芽长出来时，叶芽还在潜伏着，要等到温度进一步升高，才能长出叶片。

桃树叶

我们喜欢阳光！

三月至四月
每年的三月初左右桃花开始盛开；到了三月中旬，天气慢慢暖和起来，桃花就进入盛花期了；进入三月下旬，气温会明显升高，桃花逐渐凋谢，进入惜花期。
我只能开大约15天哟，快来看看吧！
终于该我登场啦！
五月至八月
桃花凋谢之后，就会长出果实——桃子果实在六月陆续成熟，这时就可以采摘啦！
我的营养可丰富啦，可以通便润肠、消除水肿。

长(cháng)恨(hèn)春(chūn)归(guī)无(wú)觅(mì)处(chù)

我还在抱怨春光逝去无处寻觅。

请找到通往大林寺的路吧！

bù zhī zhuǎn rù cǐ zhōng lái
不知转入此中来

却不知春光已经转到这里（大林寺）来了。

cháng é
嫦 娥

táng lǐ shāng yǐn
唐 · 李 商 隐

yún mǔ píng fēng zhú yǐng shēn
云 母 屏 风 烛 影 深 ，

cháng hé jiàn luò xiǎo xīng chén
长 河 渐 落 晓 星 沉 。

cháng é yīng huǐ tōu líng yào
嫦 娥 应 悔 偷 灵 药 ，

bì hǎi qīng tiān yè yè xīn
碧 海 青 天 夜 夜 心 。

译文：云母装饰的屏风上烛影暗淡，银河渐渐斜落，启明星也下沉不见。嫦娥应该在后悔偷吃下了灵药（长生不老药），如今夜夜对着碧海青天的只有她那孤独的心。

yún mǔ píng fēng zhú yǐng shēn
云 母 屏 风 烛 影 深

透过用云母（一种半透明的矿石）装饰的屏风，烛光映出的影子逐渐变深。

yǐng

影

影 影 影

烛影：

是指灯烛的光亮映出的人、物的影子。古代没有电灯，人们都是用蜡烛照明的。

手影游戏

你试过用自己的双手做出不同的影子吗？试试看下面的手势，一起来做手影游戏吧！

鹅

小狗

兔子

我的影子很大哦，因为我离烛光很近

我俩站得离烛光一近一远，在墙上就会有一大一小的影子哟！

小剧场里的手影是下面哪个手势做出来的呢？

在灯光下做一做手势，仔细观察，然后把正确的数字标注在影子旁边的圆圈里吧！

银河渐渐斜落，启明星也下沉不见。

诗中的“晓星”指的是启明星，启明星还有一个大家熟悉的名字，那就是金星。

因为金星是内行星，所以从地球上看，它总是在太阳附近，角度不会超过47.8度。金星在黄昏时分出现在西方，它出现的时候，太阳就要下山了，长长的夜晚也要开始了！

好后悔偷吃了灵药，
还是人间好啊！

cháng é yīng huǐ tōu líng yào
嫦娥应悔偷灵药

bì hǎi qīng tiān yè yè xīn
碧海青天夜夜心

嫦娥应该很后悔偷吃了灵药，现在只有那青天碧海夜夜伴着她那颗孤独的心。

嫦娥在后悔什么？

她又为什么会在月亮上？
看看她的故事吧。

很久以前，天上有10个太阳，晒得村庄都着火了！勇敢的射手后羿自告奋勇射太阳。

后羿成功射下了9个太阳，村民们得救了，他们很开心。

王母娘娘为了感谢后羿，送给后羿一颗仙丹，让他和他的妻子嫦娥一起享用，吃了仙丹就可以长生不老。

后羿把仙丹带回家放在桌上后，就急急忙忙出门打猎去了。

嫦娥趁后羿不在，悄悄地偷吃了半颗！
觉得好吃又偷吃了半颗！
我试试看！
神奇的事情发生了！
她身体突然变轻了，像
羽毛一样飘了起来！
她停不下来
越飘越高！
一直飘到了月亮上才停下！
从此她一个人在月亮
上孤孤单单的。
不是说好一人一半的吗？
你觉得嫦娥在后悔什么呢？
1. 没有遵守承诺
2. 贪吃
3. 没有和后羿道别
4. 没有带够行李

liáng zhōu cí

凉州词

táng wáng hàn

唐·王翰

pú táo měi jiǔ yè guāng bēi

葡萄美酒夜光杯，

yù yǐn pí pá mǎ shàng cuī

欲饮琵琶马上催。

zuì wò shā chǎng jūn mò xiào

醉卧沙场君莫笑，

gǔ lái zhēng zhàn jǐ rén huí

古来征战几人回。

译文：夜光杯里盛满葡萄美酒，将士们正要畅快痛饮，马背上歌伎们弹奏的琵琶声响起，像是在催促将士们奔赴战场。就算我醉倒在战场上，请你也不要见怪，自古以来出征为国而战的将士就没几个人准备活着回来。

bēi

杯 杯杯杯

干了这杯酒，
明天就要上战场了！

干杯！

夜光杯

夜光杯，一种名贵的饮酒器皿，由玉石精雕细琢而成。它本身不会发光，但在月光下，美酒的色泽透过薄如蛋壳的杯壁，会使杯子看起来闪闪发光，“夜光杯”也因此而得名。

琵琶

琵琶，我国传统民族乐器之一。最早出现于秦汉，南北朝时期从西域传入中原，距今已有两千多年的历史。最初泛指弹拨乐器，而不单指一种乐器，经过历代演奏者的改进，其外形和制作工艺逐渐统一，形成现在常见的四弦琵琶。

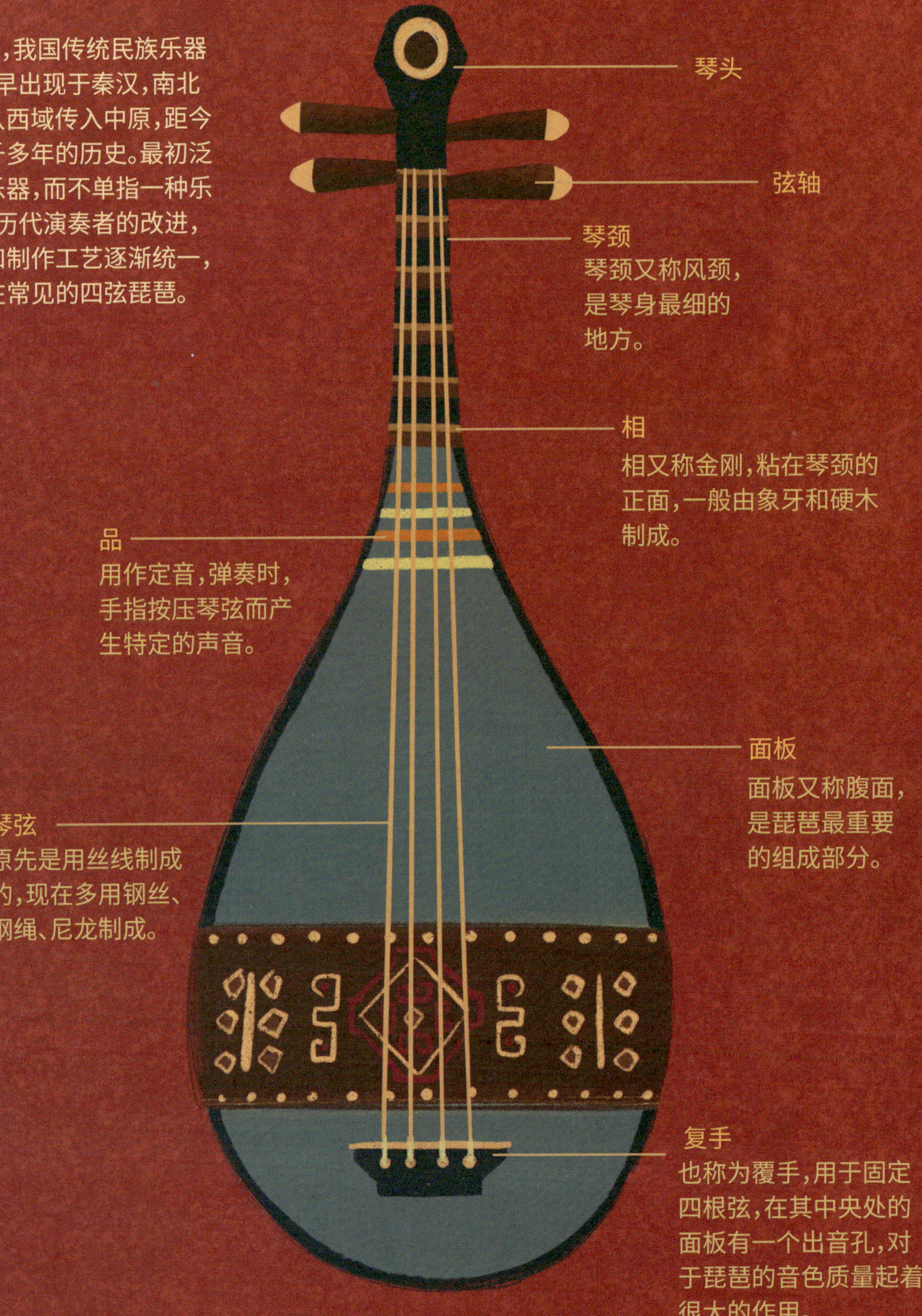

yù yǐn pí pá mǎ shàng cuī
欲饮琵琶马上催
将士们正要畅快痛饮，马背上歌伎们弹奏的琵琶声响起，像是在催促将士们奔赴战场。
哈哈哈，我们胡人的琵琶就是在马上弹的！
好厉害！竟然可以在马上弹琵琶！
我也想试试！
这可是我们胡人独有的技艺！

我们国家都有哪些民族乐器呢？请把下面的乐器对号入座吧！

1. 古筝 2. 阮 3. 二胡 4. 埙 5. 笛子 6. 唢呐 7. 笙

滴滴答滴答……

zuì wò shā chǎng jūn mò xiào
醉卧沙场君莫笑
gǔ lái zhēng zhàn jǐ rén huí
古来征战几人回

就算我醉倒在战场上，请你也不要见怪，自古以来出征为国而战的将士就没几个人准备活着回来。

听说昨天是
我们打赢了！
他们都好勇敢啊！

xià rì jué jù
夏日绝句

sòng lǐ qīng zhào
宋·李清照

shēng dāng zuò rén jié
生当作人杰，

sǐ yì wéi guǐ xióng
死亦为鬼雄。

zhì jīn sī xiàng yǔ
至今思项羽，

bù kěn guò jiāng dōng
不肯过江东。

译文：活着就要做人中的豪杰，死了也要成为鬼中的英雄。现在想起当年的项羽，(也能理解为什么)他不愿（为了保命）渡江回江东。

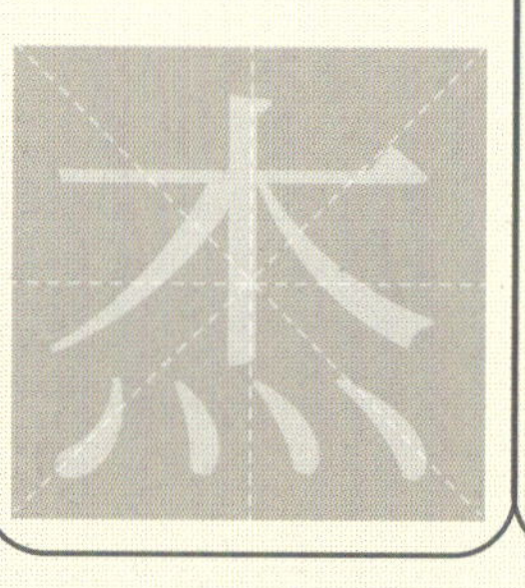

杰，杰出。人杰指的就是才能出众的人。

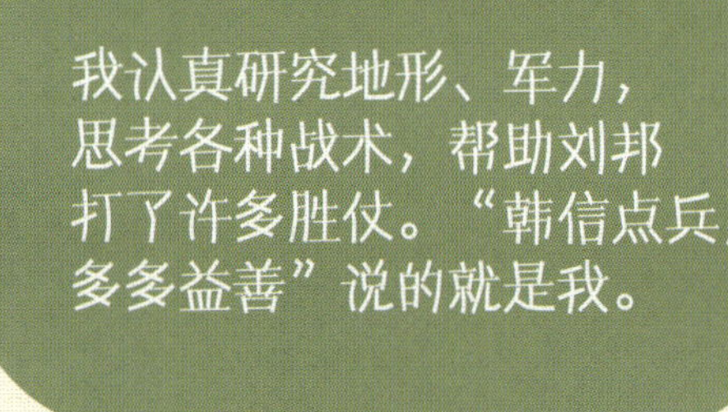

韩信

大将军，西汉开国功臣。精通战术，善于用兵，人称“兵仙”“神帅”。

shēng dāng zuò rén jié
生当作人杰
活着就要做人中的豪杰。
活着的时候就要做一个努力的人！
你有自己想要达成的目标吗？
我要探索更多的太空奥秘！
我要成为百米飞人！
我要成为网球选手中最会玩滑板的人！
我要研究出防护力最强的疫苗！
我要成为乐队中的第一小提琴手！

死亦为鬼雄

sǐ yì wéi guǐ xióng

死，也要像个英雄，为了有意义的事情而死去。

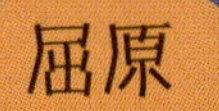

战国时期楚国诗人、政治家

我告诉楚王要用有才华的人，
不管他们的出身是怎样的，
可是贵族排挤、诽谤我，
把我流放。
楚国被攻破后，
我自沉于汨罗江，
以身殉国。

我们身边有哪些献出宝贵生命的英雄呢？

警察军人

年轻的我们参与了1998年特大洪水的救灾。一次又一次进屋抢救村民，房屋和围墙倒塌在我们的身上，我们死去了，但村民们得救了。

医护人员

2008 年汶川大地震时，我们自愿去支援，后来倒在了救死扶伤的前线，但很多病人因我们的到来得到了救治。

消防员

哪里有火灾，哪里就有我们。只要能保护国家和人民，再大的火势我们也不怕。

这些英雄都好伟大呀！

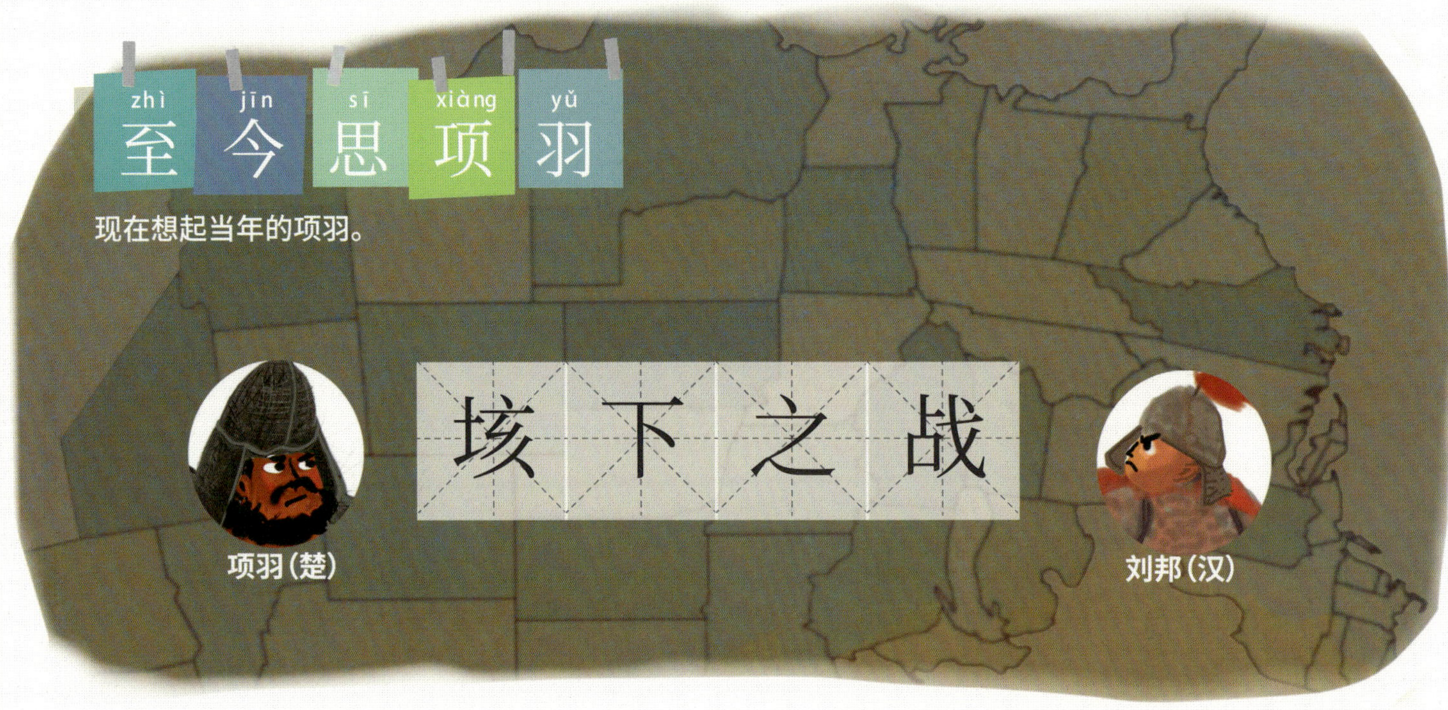

怎么四面八方
都是刘邦的军队?

不(bù)肯(kěn)过(guò)江(jiāng)东(dōng)

(也能理解为什么)项羽不愿(为了保命)渡江回江东。

项羽指挥着仅剩的二十八名骑兵，来回冲阵，再次杀开一条血路，向南疾走，至乌江边(今安徽和县东北部长江边的乌江浦)。项羽觉得自己无颜见江东父老，于是命令手下骑兵都下马，以短兵器与汉兵搏杀。项羽一人力战汉军数百人，但因寡不敌众，最后惨败，自刎而死，年仅31岁。